AF233114

REMEDE AVX MALHEVRS
DE L'ESTAT
DE FRANCE,
AV SVIET DE
LA QVESTION.

SI LA VOIX DV PEVPLE EST
la voix de Dieu.

A PARIS 1649.

REMEDE
AVX MAL-HEVRS
DE L'ESTAT DE FRANCE,
AV SVIET DE LA
QVESTION.

Si la voix du Peuple est la voix de Dieu.

Les hómes ne sont que trop souuent en discord,
faute de s'entendre. Celuy qui a mis la question
au iour ; si la voix du peuple est la voix de Dieu, de-
uoit mieux entendre ; & ce suiuant celuy qui a pareil-
lement escrit, que la voix du peuple est la voix de
Dieu, & mettre la difference qui se trouue tant des
peuples que des occasions qui font retétir leur voix.
Dautant que si par le peuple on entend la populace,
& la lie des hommes, personne ne peut estre assés de-
pourueu de sens pour escrire que la voix d'vn tel
peuple soit la voix de Dieu, au suiet que les parties
entendent qui est le soin du gouuernement de
l'Estat.

Les occasions doiuent estre diligemment con-
siderées, dautant que si le peuple se mutinoit par des
vaines imaginations, bourasques & fougues d'es-

prit, ou seduit & trompé par ceux qui ne demandent que remuëment pour leurs interests, la voix de tel peuple ne peut estre receuë que comme de perturbateurs du repos public. Mais si par le peuple vous y comprenez la plus saine partie, qui sont les gens de bien, sçauans & experimentez, personne ne peut desnier que leur voix ne soit la voix de Dieu au fait proposé. De plus, si la necessité presse, la nature oblige à parler, & seroit vn crime de se taire. Partant Dieu commande au peuple en tel cas de parler, & faire entendre sa voix. La voix du peuple sera donc la voix de Dieu, qui ne peut parler proprement aux hommes que par les hommes mesmes.

Or au fait present des nouueaux troubles de Paris, à cause desquels la question presente a esté faite, premierement la populace n'a point crié la premiere: car, qui ne sçait que les Parlements, qui sont la plus saine partie du Royaume, ont fait souuent retentir leurs voix pour remedier aux maux extremes de la France, qu'ils ont esté bafoüez comme importuns, & menacez, non seulement de paroles mais d'effets.

Et quant au suiect de la querelle, n'a-il point esté trouué iuste & equitable, puis qu'vne Chambre de Iustice a esté accordée pour arrester les desordres par authorité du Roy, & l'establissement de laquelle a esté empesché par les seuls interests de ceux qui ne la pouuoient voir erigée qu'à leur ruine, sous pretexte qu'elle seroit au preiudice de l'authorité du Roy.

Et pour en oster l'establissement, il a fallu qu'ils se seruissent de moyens inoüis & extraordinaires, mais

qui

quiont esté cause que les cœurs des peuples ont esté
tellement alterez, & diminuez de la bonne volonté
qu'ils auoient pour suruenir aux necessitez du Roy,
à cause de tant de desordres, qu'à grande peine pour-
ront-ils estre persuadez de la reprendre. Et i'ose dire que le plus iuré ennemis qu'à iamais eu la France
n'auroit peu persuader vn plus pernicieux conseil,
& que si vn Roy maieur auoit fait telle entreprise
sans la faire reüssir, il pourroit s'asseurer auec verité,
qu'il auroit perdu plus que la moitié de son authorité, attendu que le party qui luy auroit resisté en auroit retenu la meilleure part.

Oüy mais, dit l'aduersaire, ce n'est point au peuple de se donner la loy, n'y a examiner les deportemens de son Prince, le peuple doit obeir comme vn
aueugle à qui le Prince ne doit rendre compte.

Certainement l'eloquence de celuy qui a mis la
question en deliberation resmoigne, à ce qu'il en a
escrit, qu'il en a tout autre iugement, & que son sça-
voir n'est point limité par tels discours. Dautant qu'il
n'ignore point premierement, que comme il n'y a
nation au monde qui honore ses Rois tant que la
françoise, aussi sçait il certainement que le but de
nos remuemens n'a iamais esté pour alterer les cœurs
enuers leur Roy, ny en rien amoindrir son authorité. Bien au contraire, qu'ils n'ont eu autre fin que
de maintenir & conseruer l'Estat entier pour leur
Prince, qu'ils voyoient au penchant d'vne manifai-
ste ruine, au contentement & par la cabale des ennemis de la France. Partant que les authoritez que

B

l'Escriuain apporté tirées de l'Escriture Saincte, pour prouuer l'honneur que les peuples doiuent à leur Prince, ne nous sont en façon quelconque necessaire, encore que veritable pour la leur rendre, puis que pour y satisfaire, nous n'auons biens ny vie que pour la maintenir.

Mais quant aux autres passages qu'il allegue contre le peuple, il nous fait croire qu'il s'est seruy de quelque glanneur de passages tronquez sans les entendre. Que l'Autheur se donne la peine de les lire, & il trouuera sans les beaucoup examiner, qu'ils sont entierement hors propos.

1. Les menaces que Dieu fait contre *la belle & munie Cité* de Ierusalem en Isaye chap. 27. n'est qu'à cause de l'Idolatrie du peuple, qui pour ce sujet ne peut estre dit sage. 2. Le *Væ* & malediction que le mesme Tout puissant donne à la *multitude des peuples, qui sont en grand nombre*, comme dit le mesme Prophete chap. 17. n'est point contre le peuple fidel, mais contre les Assiriens. 3. Le Prophete Ieremie chap. 5. menace la ville de Ierusalem, *attendu que les habitans ont renié leur vray Dieu, les Prophetes ont prophétisé mensonge, & les Prestres y ont consenty, le peuple les a suiuy* ; tout autre crime remplissoit la ville d'infamie ; cause pourquoy Dieu les menace de leur enuoyer vn peuple estranger, qui sont les Chaldeens à leur totale ruine. Sera cela de la ville de Paris, laquelle au lieu de renier son Dieu, a eu recours à luy par ses prieres continuelles : les Prophetes & Pasteurs n'y ont point presché de mensonges : Ils ont

encouragé le peuple à se defendre contre les perturbateurs de son repos, abusans de l'authorité de leur
Roy, pour lequel ils ont redoublé leurs sacrifices &
prieres, & Dieu les a exaucé & deliuré. Qu'il ne dise donc point que Paris a pris les armes contre son
Roy, & qu'il aduoüe auoir mal allegué.

Or quant à l'obeïssance aueugle qu'on doit rendre au Roy, encore qu'il fut meschant & tyran. Ce-
cy est encore hors de propos, puis qu'on ne combat
que l'abus qui se commet au gouuernement de l'E-
stat sous l'authorité du Roy mineur. Partant ne sert
de cotter l'obeïssance de Dauid, qui fuit le Roy Saul
venant sieger la ville de Ceille où il estoit, 1. des Rois
chap. 12. & 23. Dauid fuit la cholere de son Roy, &
faict bien: Dieu mesme luy reuela de fuir, & non
d'exposer sa teste à la fureur de Saul. L'Autheur eut-
il desiré que tout le peuple de Paris eut pris la fuite
pour euiter, non la fureur de son Roy, mais de quelques vns de ses Ministres pernicieux à l'Estat. Sans
doute vn Prince particulier auroit deub euiter la vengeance d'vn Roy maieur, & vsant de son authorité
par vne retraite respectueuse, mais non vn peuple
de plusieurs millions d'ames habitans de Paris, qui
ne pouuoit euiter la corde qu'en se defendant. Au
reste nostre Autheur n'a deub considerer Dauid à
l'egard de Saul, qui comme personne priuée, & non
comme si desia il eut authorité de Roy. L'onction
de Prophete en sa personne n'a esté que pour s'attribuer l'authorité souueraine, & le titre de Roy. Apres
la mort de Saul, que Dauid mesme a tousiours ho-

noré comme son Roy , encore qu'il en fut persecuté.

Et pour examiner plus au long l'obeïssance aueugle , & quant la voix du peuple est la voix de Dieu,
disons que telle obeïssance appartient aux cheuaux
& aux cerfs , & non à des peuples libres & raisonnables. Iamais Prince n'a estably Loy ny Edicts qu'a-
pres vne meure deliberation en son Conseil, &
auec les principaux de son Estat, qui apres la connoissance de leur vtilité, les ont volontairement ac-
cepté, & les peuples en la personne des principaux
membres du corps de l'Estat, Pharamond le premier
de nos Rois ne publia ses Lois que par les aduis &
conseils de ses Chefs d'armees. Merouée fut fait
Roy des Gaules par la libre electió des Gaulois qui
nomma François. Cette election estoit elle la voix
de Dieu, ou non? Les acclamations du mesme peuple qui acceptoit les nouueaux Rois successeurs
estoient elles point la voix de Dieu? Ces Rois por-
tez sur des pauois au tour de l'assemblée des Estats
Generaux pour donner leur consentement, & authorité au nouueau Roy, estoit-ce pour luy obeyr
d'vne obeïssance aueugle? Si cela eut esté, comment
pouuoient-ils estre les Iuges & arbitres des diffe-
rens qui naissoient entre les Princes du sang? Comment auroient-ils peu iustement establir, deposer &
restablir les Rois s'ils n'auoient eu la connoissance
des affaires , & l'authorité de ce faire? Chilperic fils
de Merüée fut deposé à cause de sa mauuaise vie, &
Gillon esleu en sa place, puis deposé à cause de ses
extorsions, & Chilperic deuenu plus sage par son
affliction,

affliction, fut reſtably. Si les François auoient eſté
obligez à ne prendre garde aux deportemens de
leurs Rois, ils auroient commis grands crimes de les
depoſeder. Quand Charles Martel ſucceſſeur de ſon
pere Pepin en la Maitrerie du Palais fut eſleu le premier Roy de la 2. race de nos Rois par les Eſtats Generaux de France, eſtoit-ce ſans auoir authorité de
ce faire, & ſans ſçauoir par experience ſes merites
d'vn coſté, & les demerites & indignitez, ces Rois
faineans de l'autre? Pepin tres-digne Roy & ſucceſſeur de ſon pere Charles Martel compoſa les Eſtats
Generaux qu'il appella Parlement, & ordonna que
rien ne ſe feroit en l'Eſtat que de leur conſentement.
Rien au monde ne peut tant aſſeurer l'Eſtat des Rois.
Charlemagne & Caroloman freres receurent pareil-
lement leur partage des Eſtats Generaux, & n'ont
iamais rien entrepris de conſequence ſans leurs aduis & conſentemens non plus que leurs ſucceſſeurs,
iuſques au temps que venans à defaillir & perdre les
vertus neceſſaires aux Rois par leurs mauuaiſes vies
& faineantiſe en ont laiſſé la ſucceſſion à Hugue Capet Maire du Palais, premier & tres-digne Roy de
vertus & d'experience & de generoſité en la 3. race,
par l'election qu'en ont fait les meſmes Eſtats de
France au preiudice du legitime ſucceſſeur Charles
Duc de Lorraine, qui s'eſtoit rendu indigne de la
Couronne de France. Si toute puiſſance eſt de Dieu.
comme monſtre l'Apoſtre aux Romains chap. 13. la
puiſſance des peuples qui ont eſleu Hugues Capet à
la Royauté eſt donc de Dieu, comme auſſi celle du

C

Roy nouuellement esleu. Autrement ses succeſſeurs
& par conſequent Louis 14. ſeroit vſurpateur, ce qui
ne ſe, peut penſer ſans grand crime. Qu'on iuge
donc ſi la voix du peuple n'eſt point la voix de Dieu,
& s'il doit eſtre conduit comme vn aueugle en l'E-
ſtat de France. Selon la meſme couſtume, les Eſtats
deciderent le different pour la Couronne en faueur
de Philippes de Valois, contre Edouard Roy d'An-
gleterre, qui pretendoit auoir droict, à cauſe qu'il
auoit eſpouſé Eliſabeth de France, d'autant que la
Couronne ne tombe point en quenouille. Les Eſtats
Generaux s'aſſemblerent pour les affaires du Royaume, ſous le Roy Iean. Ils donnent la Regence à Louis
Duc d'Anjou premier Prince du ſang, & non à Iean-
ne mere du Roy Charles 6. mineur, comme par apres
aux Ducs de Bourgougne & de Berry, oncles du
meſme Roy, lors qu'il tomba malheureuſement en
freneſie. Les Eſtats terminent le different du Duc
d'Orleans, & du Comte de Beaujeu pour le faict de
la Regence ſous Charles 8. Sacré que fut le Roy il
aſſembla ſes Eſtats à Tours, où fut eſtably vn Conſeil
de douze, pour expedier les affaires au nom du Roy.
En fin les troubles n'eſtoient appaiſez que par les
Eſtats à faute dequoy la France a eſté pitoyablement
déchirée ſous François 2. que ſa mere Catherine de
Medicis ne voulut conuoquer, crainte de perdre l'authorité qu'elle auoit ſur le Roy foible d'eſprit & de
courage auec ſes fauorits. Henry 3. ſe ſert des Eſtats
Generaux à Blois pour ruiner ſes competiteurs. C'e-
ſtoit bien le remede, mais qu'il rechercha trop tard

Louis vnze le plus entédu & le plus rusé de nos Rois,
qu'on dit les auoir mis hors de pages, ne s'est il point
seruy de six Conseillers, six Docteurs & six Bour-
geois de Paris pour accorder les differents qu'il auoit
auec Charles Duc de Berry son frere, Iean de Bour-
bon & le Comte Carolois, fils de Philippes Duc de
Bourgongne & autres ?

Et pour acheuer, ne suffit-il point d'auoir veu
Henry le Grand, quoy que le plus experimenté de
tous les Princes en matiere d'Estat, le plus vaillant
des Rois, & le plus humain des hommes, n'auoit iamais rien entrepris que par conseil, rien exigé de ses
peuples que par prieres pour les necessitez du temps
qu'il faisoit entendre, & agreer à tout le monde.

Ce sont les Estats composez du Clergé, de la Noblesse, & du Tiers estat, que nous disons estre la voix
de Dieu tres solemnelle, quand ils parlent & or-
donnent. Les Rois regnent par moy, & les Princes
discernent la Iustice aux Prouerb. 8. vers. 15. Salomon
estant decedé au 3. liure des Rois chap. 11. le peuple
d'Israel vint prier le Roy Roboam, fils & successeur
legitime des Estats de Salomon, composez des douze Tributs, qu'il luy pleut diminuer les tailles; le conseil des Anciens fut donné à Roboam, que la demáde
du peuple estoit legitime : mais Roboam ayant preferé celuy des Ieunes, qu'il faloit plustost surcharger
le peuple de nouueaux imposts, perdit dix Tributs,
qui se reuolterent, & qui esleurent Ieroboam pour
leur Roy.

Or que ce ne fut la voix de Dieu & sa volonté, per-

sonne n'en peut douter, puis que Dieu l'auoit ainsi
predit & voulu par le Prophete Ahias au chap. 11 v.
31. en punition de l'idolatrie, & des delices desordon-
nées de son pere Salomon. Ce Prophete en cou-
pant son mâteau en 12 parties, & en donnât dix parts
à Ieroboam, n'en laisloit que deux pour Roboam.
Qu'on ne dise donc point que quand le peuple fait
retentir sa voix de pleintes raisonnables, ne soit la
voix de Dieu, & que si on ne l'escoute, la vengeance en sera tost ou tard.

On sçait trop bien qu'vn simple soldat ne doit
point demander à son Capitaine pourquoy il est
commandé, non plus qu'vn enfant de famille à son
pere, pourquoy il l'enuoye à l'eschole? ny vn serui-
teur à son maistre pourquoy il l'employe en vne affaire plustost qu'à vne autre, ny mesme à vne populace grossiere & ignorante de demãder raison pourquoy on luy fait payer taille; mais que les principaux
d'vn grand Royaume, qui ont grande part à la conseruation de l'Estat soient obligez d'ignorer les affaires publiques, & quoy qu'ils les connoissent mal
menees n'en rien dire, & obeïr aueuglement, ce seroit consentir criminellement à la ruine du Prince,
mesme encore que la Thése ne soit point telle au fait
present. C'est vn Roy pupil, son authorité mesme
se perd sans qu'il le sçache en ses faux Ministres.

Ouy mais la Raine mere est la Regente, laquelle
en cette qualité a souueraine puissance.

Il est à croire certainement qu'elle a autant de bon-
té pour la conseruation du Roy son fils, & de son
Estat que Princesse qui soit sur la terre pour les siens.
Mais

Mais ce n'est point assez, car si elle n'est suffisamment informée des desordres du Royaume, & qu'ils
luy soient cachez par ceux qui troublent volontiers
pour couurir leurs malfaits, & qui desguisans leurs
interests, luy font croire que tout autre conseil que
le leur est pernicieux à l'authorité du Roy son fils & à
son Estat, encore qu'il en soit tout autremét, faudra il
qu'elle ferme les oreilles aux auis des plus clair-voyás,
& plus gens de bien du royaume? Quoy sa bonté
seruira elle d'appuy à la meschanceté des Harpies de
l'Estat? Que pensoit elle de celuy à qui du viuant du
defunct Roy son mary d'heureuse memoire, ne re-
stoit que le nom de Roy, & qui s'est prodigieuse-
ment enrichy, pour en escorchant les subjects du
Roy en reuestir ses parens? Mais que doit elle croire, que les simples Commis des Partisans ont plus
qu'ils ont encore plus de finances pour bastir des su-
perbes maisons & chasteaux que n'a le Roy pour
acheuer la maison du Louure? Et pour comble de
malheureux trafic, voir qu'à present un homme ait
gagné par l'exercice de sa charge dix-sept à dix-huit
cens mil liures de rente? encore faut-il se taire. O
Princesse, peut on croire que vous ayez la connoissance de tel maniement de vostre bien & de vos finances, & que vous le souffriez? Restitution, Restitution auec toute rigueur à vostre fils, pour seruir
aux necessitez de son Estat.

Reste à sçauoir le dessein du Parlement de Paris,
&, au Jugement de l'Autheur, de la question s'il
estoit d'instruire les enfans pour viure en republique.

D

On pourra icy examiner, sçauoir si le gouuernement souuerain du peuple, qu'on dit Democratique
est meilleur & plus asseuré que celuy des principaux
d'vn Estat, dit Aristocratique, ou que celuy d'vn seul
Prince, qu'on appelle Monarchique; Mais laissons
la question à decider à ceux qui en ont le choix, disons toutesfois que le plus ancien genre de gouuernement a esté Monarchique, non seulement par
les Patriarches, i'entend Peres, & moderateurs des
puissantes familles; mais aussi des plus grandes Prouinces du monde. Nembrod le Geant a commen-
cé parmy les Chaldeens ou Assiriens, & au defaut
de successeurs dignes de l'Empire, il a esté transferé
aux Persans, & des Persans aux Grecs soubs Alexandre le Grand, & d'Alexandre aux Romains, qui au
commencement estoient gouuernez par des Rois,
dont Romulus a esté le premier. Nous sçauons pa-
reillement qu'ils se sont reuoltez contre Tarquinius
le septiesme & dernier, à cause de son insupportable
superbe, & autres vices, & qu'ils se sont maintenus
en Republique, dont le peuple tenoit la souueraine
puissance, neantmoins par le conseil des Senateurs
principaux membres de leur Republiques, les Con-
suls executans leurs decrets & volonté au fait de la
guerre, & qu'ils se sont rendu maistres de l'vniuers
au delà des plus grands Monarques & Empereurs du
monde; & qu'en fin ils sont retombez en Monar-
chie soubs Cesar; mais aussi sçauons-nous, que tel
Estat n'a pas duré entier plus de 400. ans; la teste d'vn
homme souuerain n'estant assez forte pour porter

vne si pesante Couronne, ny l'entendement suffisant
pour regir tant de peuples, cause que l'Empire a esté
diuisé en Oriental & Occidental, & qu'enfin il ne
reste plus qu'vn fort petit vestige de tels Empires.

Charlemagne ayant occupé celuy d'Occident, qui
n'estoit que d'vne partie de l'Europe, l'a neantmoins
diuisé en Vvestrich royaume d'Occident, & Oster-
rich royaume d'Orient vers le Danube, d'où vient
la maison d'Autriche; pour monstrer que les grands
estats sont difficilement tenus en leur entier, soubs
l'authorité d'vn seul Prince. On void cette fameuse
republique de Venise se maintenir contre le plus
puissant Monarque de la terre, comme ils ont fait
lors que seuls ils ont resisté à Charlemagne, & arre-
sté ses progrez. Que Dieu mesme a preferé le gouuernement des Iuges à celuy des Rois au 1. des Rois
14. Tous les plus anciens d'Israel s'assemblerent &
vinrent à Samuël & luy dirent, ordonne nous vn
Roy, & le Seigneur dit à Samuël, escoute la voix du
peuple: car ils ne t'ont pas debouté, mais moy, afin
que ie ne regne sur eux.

Mais qu'on ait cherché des Conseillers à Paris
confidents pour imiter la rebellion des Anglois, cela
est entierement hors de toute apparence, non seulement à cause de la naturelle inclination que les François ont d'estre gouuernez par des Rois, mais aussi
que telle a tousiours esté leur coustume, qui est tour-
née en necessité.

Il n'estoit point mal aisé aux Anglois de secouër
le ioug de leur Roy, puis que, outre que la rebellion

leur est naturelle, leur gouuernement a esté plus aristocratique, que Monarchique absolue, attendu que
leurs Rois ont toussiours esté dependants des Estats
& de leur Parlements, tellement qu'en affaires d'E-
stat & de consequence ils n'ont iamais peu dire pour
raison, telle est nostre volonté & bon plaisir, ce qu'on
peut estre aussi des autres Royaumes, mais non en
France, où les hommes ne pouuans resister à la necessité que la loy naturelle, & la coustume presque
immemoriale leurs ont imprimé, s'il ne se peut faire
aussi qu'ils changent de genre, de gouuernement.

L'experience nous le fait asseurer par les occasions
que les peuples François ont eu tant de fois faci-
ciles à se mettre en Republique, non seulement aux
changements qu'ils ont esté contraints faire par les
diuerses races de leurs Rois, mais lors que les Rois
mesmes ont esté reduits à la necessité, de se voir entierement despendre de leurs subiects, (à quoy pourtant ils n'ont iamais pensé? La longue experience
leur a aussi fait voir que telle sorte de regime leur
toussiours esté heureux, & que tous les efforts des
plus puissans Princes de l'Europe, quoy qu'vnis, ne
l'a iamais peu changer ny esbranler. Attendu que
nos Rois ont perpetuellement eu cette bonté, que
de conduire leurs peuples, non comme subiettes seigneurs & tyrans, mais comme peres, qui encor que
remplis de Maiesté plus que le reste des Rois de la
terre, ont neantmoins fait part de leur authorité aux
principaux de leurs peuples, aux Parlements, aux
Princes, Gouuerneurs, Connestables, Pairs & Ma-
reschaux

reschaux de France, & autres moindres Seigneurs
& Magistrats, ressemblans en cela au Soleil, qui quoy
que souuerain parmy les Astres, il leur communi-
que neantmoins ses lumieres, & quoy qu'il gouuerne l'Vniuers comme souuerain, neantmoins les autres flambeaux celestes prennent part à ce Gouuernement par leurs diuerses influences. Dieu mesme
souueraine intelligence, qui par sa Toute-puissance,
toute bonté, & toute sagesse, fait tout en tout sans
pouuoir faillir, ne laisse point d'en faire part à ses An-
ges & intelligences subalternes. Et c'est là l'accord
du Prince auec ses subiets, qui rend l'Estat de France
inesbranlable, l'vn sert à l'autre de ferme colomne,
sans lequel l'Estat Monarchique est le plus dangereux,
plus inconstant & insupportable.
Or le Prince doit estre consideré en deux façons,
comme enfant pupil & mineur, 2. comme maieur. Quand il est enfant & pupil, le malheur en est
bien grand, puis que Dieu le Roy des Rois nous en
asseure par la bouche de Salomon, Ecclesiaste chap.
10. *16. Malheur est sur toy terre, de laquelle le Roy
est vn enfant, & de laquelle les Princes mangent au ma-
tin.* L'esprit de l'homme ne pourroit exprimer quel
crime ne se commet point sous le regne d'vn enfant.
Le desordre & la licence de mal-faire est par tout, la
loy de Dieu n'est point obseruée; que reste-il apres
qu'vn abisme de malheurs? La Regence de qui que
ce soit n'est suffisant pour y remedier, soit il le Prince autant homme de bien, & autant sage qu'on le
puisse choisir. D'autant que ce n'est qu'vne authori-

té empruntée, & seulement pour quelques anné[es]
S'il faut obseruer les lois à la rigueur, on en murmu-
re, s'il est trop indulgent, on en abuse, s'il gouuerne bien on y trouuera à redire, s'il s'enrichit, on luy
porte enuie, s'il espargne les finances de son m[aistre]
sans en faire part aux autres, on l'accuse de vila[nie]
& d'auarice, s'il en fait part on n'est iamais conten[t]
s'il ne s'enrichit & fait des amis, il n'a point d[...]
En fin quoy qu'il fasse, on y trouue à redire. I[l faut]
donc qu'il se fasse des amis qui luy seruent de té[s-]
moins enuers le Prince d'auoir bien geré sa char[ge]
Il faut donc suiure le chemin ordinaire d'appais[er]
de contéter les Grands. Ce qui ne se peut faire qu[e]
prodigant les biens du Prince & de ses subiects. Au[ssi]
il se faut resoudre au *Væ* de l'Escriture.

Arreste-toy plume! puis que la consequence q[ue]
tu escrits, nous estant funeste. Mais, ô Françoi[s]
ie coniure! A tant de maux que vous souffrez,
trouuerez vous aucun remede? Mais pour mieu[x]
re, pourquoy ne l'embrassez-vous point lors qu[e]
vous le monstre? Ma plume ne seruira que de red[ire]
apres tant de plenitudes de tant de maux que no[us]
auons experimenté en France depuis longue[ment]
nées aussi inutilement comme ie crains que iamais
Quoy qu'il arriue, si faut-il escrire le premier remede, & le plus important, ou que le ciel m'enten[de]
te: c'est la bonne education d'un Roy pupil, d'inst[i-]
ction à la vertu, & aux meilleurs moyens de gouuerner son Estat, plus par les exemples des Grands
& vertueux Monarques qui ont regné heureuseme[nt]

en la Theorie des plus fameux Politiques; par
exemple mesme de ceux qui ont eu desfauts en
leurs regnes, afin d'euiter les causes de leurs malheur auenir, non des flateurs, mais historiens Ve-
ritables & bien approuuez. Le 2. remede est le conseil
des personnages doüez de la science des Sages, par
la longue experience des affaires du Royaume, &
par celuy des Ieunes, ...

Ce remede est tellement necessaire, que sans ice-
luy le Prince, quoy que deuenu maieur, ne l'est, &
ne le sera iamais que de nom, dautant qu'il ne
gouuerne point, mais il est gouuerné par ceux qui
luy ont caché les moyens. Et ç'a esté la seule cause du changement de races Royales en ce Royaume.
Et pourtant neantmoins voyons-nous, ô crime! que la
nonchalance des Princes est exercée à des bagatelles, à
poursuyure vn oiseau en volant, vn lievre en cou-
rant & autres passe-temps indignes de la Maiesté
Royalle autant que de filer en vn Sardanapale parmy les femmes, exercices qui luy tournent en coustume, & qu'il ne quitte iamais, au lieu qu'il ne doit
aprendre ny sçauoir que choses qui sont confor-
mes à sa grandeur. C'est le destruire, & luy effacer toute marque, ie ne dis point d'vn Prince seulement,
mais du moindre Seigneur de l'Etat.

Car s'il est Roy & ne regle point, il est Prince sans
auctorité de moeurs & de sçauoir, il est noble sans
noblesse de magnanimité de courage & de vertus.
Dieu parle aux Roys par la bouche de David au Ps.
81. Qu'il se trouue en l'Assemblée des Dieux pour les

de

inger, s'ils iugent autrement que l'equité : I'ay dit que vous estes des Dieux & les fils du Tres-haut : Sont-ils legitimes s'ils n'apprennent les loix & les coustumes pour iuger? & s'ils ne iugent la charge est diuine. Sera-ce assez que le Prince fasse iustice par ses Commis? S'y fier entierement sans sçauoir s'ils s'en acquittent equitablement, c'est mettre en grand hazard l'estat de sa conscience, Louïs 9. que nous honorons comme vn Sainct, devroit bien seruir d'exemple à ses Successeurs, qui ne cessoit point de rendre iustice par sa propre bouche, quand il en estoit requis, sçachant certainement que les Roys ne sont tels que pour faire iustice, chastians les meschans & conseruans les bons, cause pourquoy ils sont appellez Dieux & portent l'espée à leur costé, selon l'Apostre aux Romains 13. Où auons nous pour cela vn exemple depuis cet incomparable Roy, que le Prince & Iuge souuerain se soit trouué aux assemblées des Dieux de leurs Parlemens pour iuger? nul, mais bien souuent pour surcharger leurs peuples par de nouueaux Edicts.

Le second remede, qui est le conseil des Sages de son Royaume, n'est point moins à desirer que le premier quand le Roy est deuenu majeur. On n'a iamais veu Monarque gouuerner & faire tout de puissance absoluë sans conseil qu'il n'ait esté iugé temeraire. Il n'y a que Dieu qui soit infaillible, d'autant qu'il sçait tout, & qu'il peut tout, ce qui ne peut estre communiqué à aucune creature. Salomon estoit le plus sage des Rois qui n'a point laissé de traisgresser les loix

de sa

de la sagesse. Louis 11. a fait plusieurs choses sans conseil, qui l'ont mis en des extremes perils. Ceux qui
veulent que la volonté d'vn Roy serue de raison, luy
ostent la raison, & font que l'aueugle, qui est la volonté, serue de conduite au clair-voyant qui est l'entendement. Il faut auoüer qu'vn Roy en son Conseil, quoy qu'il soit de personnes sages à cette Souueraine puissance par dessus tous, que deliberation
faite, effectuer ses desseins & son iugement, car
le cœur du Roy est en la main du Seigneur, Prouerb. ch.
u.v.1. *& l'enclinera où il luy plaira*, & il luy faut
obeir. Mais accorder qu'il puisse tout sans conseil,
ou mesme corrompus & trompé par vn pernicieux
Conseil, c'est le tromper & le perdre. Quoy? vn Roy
sera conseillé, mené, preoccupé par vn fauory, qui
peut & ruine tout, & il sera toleré? Il fera la guerre
à tout le monde dedans & dehors le Royaume pour
fouïr à son auarice & ambition, & pour s'enrichir
luy & les siens aux despens de tous, & on n'osera se
plaindre? Par ce moyen les finances seront disper-
cées & le Royaume en proye faute d'argent, & le
Roy l'aura ainsi ordonné?

Les humbles remonstrances en doiuët estre faites
au Roy par ses fidels sujets, mais en cas qu'il soit ca-
pable en necessité par l'artifice de ses fauoris à ne vou-
loir ou ne pouuoir entendre, c'est lui rendre vn si-
gnalé seruice, & non luy desobeir, de les extermi-
ner. Il n'est point à propos de parler à present d'vn
Roy qui seroit Infidel, ou Heretique, ou Tyran, sinon
seulement en passant, que tel qu'il puisse estre, c'est vn

crime horrible d'attenter à la personne d'vn Roy d'authorité priuée. Il appartient à Dieu seul de changer le cœur des rois, & de les encliner où il luy plaiſt, quand il parlera par la voix du peuple, & commandera d'y remedier pour le bien public, il faut lui obeïr,) *les Gouuerneurs & Princes des peuples ſont à la vengeance des malfaicteurs, & à la louange de ceux qui font bien*, comme dit S. Pierre en ſa Epiſtre chap. 2 v. 14. Quand l'authorité d'vn Roy eſt opprimée en ſa perſonne, elle doit eſtre reſtablie par ſon authorité meſme, laquelle retourne en ce cas aux principaaux membres de ſon Eſtat.

Or ſerons-nous touſiours en la peine de ne pouuoir bannir les flatteurs & abuſeurs des Princes & leur Cour, quoi que nous les montrions au doigt? Peſtes d'vn Eſtat qui ne ſeruent qu'à corrompre le Prince qui de ſoy ſe feroit admirer par vertus, s'on ne l'admiroit point auant qu'il fut vertueux, tout ce qu'ils penſent ſont oracles diuins, à leur dire, tous ſes faits ſont heroïques, toutes ſes entrepriſes heureuſes, c'eſt vn Prince inuincible, le plus grand Monarque de l'Vniuers. Mais il vaudroit beaucoup mieux lui monſtrer vne deſcription de toute la terre & des Princes qui la poſſedent, enſemble leurs geſtes & leurs Gouuernemens, il apprendroit la difference qu'il y a de la France, & des grands Roiaumes, & que les Princes qui les poſſedent ne permettent point que leurs ſujets ſoient reduits au deſeſpoir & à la beſace.

Pourquoi ſe plaindre puis que nos corps & nos

biens sont au Roi, disent les barbares Partisans &
dénaturez François.

Mais, ô Dieu! si le Prince n'a autre moyens ny fa-
cultez que celle du peuple, & que celle du peuple
soient entierement perduës & dissipées comme elles
sont, que peut il faire ny deuenir? Machiauel monstre d'enfer, qui as persuadé aux Princes d'appauurir
leurs peuples, puis qu'en ce faisant, & les Princes &
les peuples sont rendus miserables! Ce n'est point ce
que tu deurois; mais qu'il ne falloit espuiser la bour-
se des peuples pour remplir celles de ceux qui des-ia
puissans de naissance, & de hautes seigneuries, offi-
ces & gouuernemens, peuuent facilement, sinon
se mettre la Couronne sur la teste, pour le moins fort
ebranler l'Estat. Tout le monde court à l'argent, *&
tout luy obeyt*, dit l'Ecclesiaste au chap. 10. v. 19. Les
nerfs sont le principe du mouuement & de la force,
si les nerfs sont blessez il n'y a plus de mouuement; or
l'argent est le nerf de l'Estat, il le faut donc mes-
nager.

C'est chose estrange que les desseins de nos Roys
n'ont iamais esté interrompus & rendus inutils que
par le mauuais mesnage de leurs Finance, & qu'il
leur a tousiours esté caché ou desguisé: à quoi neantmoins il est tellement necessaire de remedier, que
sans cela il se faut resoudre à ne rien aduancer par
armes & au hazard de tout perdre: les Soldats se dé-
bandent ou meurent, d'autant qu'ils ne sont payez:
ainsi l'Armée demeure inutile: où ils pillent & raua-
gent par tout à la ruine totale des peuples & suiets du

Roy, puis qu'ils ne reçoiuent leur solde. Cause pourquoy les Prouinces entieres sont rendues insolvables
& impuissantes de payer tailles. Ce desordre ne se
fait point faute de finances, car on en leve pour
mettre des millions d'hommes en armes, mais elles
ne sont point distribuées aux gens de guerre. Le gain
d'vne ville en vne campagne qui couste plus que ne
vaut vne Prouince, suffit pour contenter le Prince, &
pour luy faire croire que ses armes ont grandement
prosperé, au lieu qu'elles deuoient auoir reduit des
Prouinces entieres. O tromperie ! ô auarice ! ô igno-
minie ! n'est ce point vne vilanie honteuse pour la
Noblesse de France ? L'Estranger feroit la guerre
dix ans pour ce qu'il couste en six mois en France, il
seroit necessaire de continuer la guerre contre l'E-
stranger afin de purger le Royaume de gens super-
flus & inutils, pourueu que la discipline militaire y
fust obseruée, & que les finances du Prince y fussent
fidellement mesnagées. Mais au contraire, n'est-
ce point chose prodigieuse qu'vne poignée de gens
en Hollande ait obligé vn puissant Roy à leur donner la paix comme à des Souuerains, encore qu'ils
luy fussent sujets legitimes ? Quelle honte qu'il
faille aller à leur eschole pour apprendre l'art
militaire, & que leur bon mesnage ne nous
puisse toucher ? Crions donc, crions mesnage
des finances : car c'est par où il faut commen-
cer pour empescher les desordres que la gendarme-
rie fait, faute de solde, comme si cruellement sur
nos terres. N'est ce point desesperer les peuples?

Ceux

Ceux qui ont voyagé en Turquie & ailleurs, admirent la Iustice, la police, & la conduite des Princes estrangers à l'égard de l'Estat de France. En Turquie on peut porter la bource en plein minuit sans peril de la perdre, non seulement dans les villes, mais en pleine campagne, à cause du iuste chastiment & recherche qu'on fait des meschants. Y a-il rien en Frâce qui approche ce loüable soin d'vn Prince infidel? qui encore que tel, il contraint plus les Chrestiens à viure selon leur profession, (laquelle leur est libre) que les Princes Chrestiens ne font sur leurs terres, où mesme son renie Dieu plus souuent par des horribles blasphemes, qu'on ne fait par toutes les Prouinces infideles. Faut-il s'emerueiller si on loüe les Princes qui font la Iustice, & si on deplore le triste & fascheux gouuernement des Princes Chrestiens. Que s'ensuit-il sinon, que les peuples se donneroient facilement à celuy qui les maintiendroit en Iustice & tranquillité.

Suiuant tant de déreglement, que n'auroit point fait le deffunct Cardinal, ou pour le moins que n'auroit il peu faire s'il auroit peu adiouster à ses ans, il n'y a loy qu'on ne viole pour regner, & pour faire regner les siens. Il portoit la Couronne en ses mains pour la mettre sur la teste, qu'il auroit voulu. Qui encore qu'il fut François, a fait penser par la succession d'vn autre Cardinal, qu'il auoit bien plus hauts desseins qu'on ne pense.

Il n'est point expedient pour le Roy qu'vn autre Prince euoquast trop de faueur & d'affection des

peuples, dont on a veu la consequence sous les Rois
successeurs de Henry 2. il est encore plus dangereux
que l'Estat soit administré par des Ministres, qui le
peuuent rendre successifs, d'autant que peu à peu ils
se rendent necessaire pour tout faire, & rendent leurs
maistres incapable de rien faire, & ainsi faineans &
indignes de leur Couronne ; comme l'experience
nous a fait voir au changement de race en la succession de nos Rois.

C'est pourquoi Hugues Capet fut tres-sage de
supprimer la dignité de Maire du Palais, qui faisoit
tout, & disposoit de tout, & qui en fin de Maire de-
uenoit Roy. Ainsi en peut-il estre de la succession
des Cardinaux, qu'appuyez de leur premier Ministre,
& secondez de ses arboutans & caballes estrangè-
res peuuent bouluerser l'Estat, & le rendre suiect à la
Cour de Rome, Succession tant plus malheureuse
& dangereuse, que sous ombre de pieté, elle est en
personne d'vne contraire condition & vacation.

Si le Ciel & la terre, si le temporel & le spirituel sont
incompatibles, comme doiuent croire tous vrais
Chrestiens & Catholiques. Autrement, si on con-
fond les deux puissances, le Prince Souuerain le
pourra faire le Souuerain Pontif de son Estat.

C'est merueille que les Princes, non seulement
temporels, mais aussi spirituels se laissent si facilement tromper par des flateurs & mensongers, Ie
n'estime point qu'on ait iamais fait plus grand bres-
che à l'authorité & respect deubs au Souuerain Pontif, que de lui attribuer droict sur le temporel des

Princes directement, ou indirectement, & d'escrire d'autre part que tout l'Esprit de Iesus Crist reside en sa teste, pource qui regarde la foy, comme à se dire le Renegat *de Dominis*, affiché par Sebastien Cramoisi par les coins des rues de Paris, l'an 1623, sans aucun contredit. Certainement le mensonge meslé parmi la verité de la Religion, lui porte grand preiudice. N'est ce point le faire regarder de trauers par les Souuerains au temporel, & par les Prelats au spirituel, & par consequent de tous leurs fidels suiects. Les Princes sont trop ialoux de leur authorité. Nous preschons qu'vn chacun se doit contenter de sa vocation, selon l'Apostre, escriuant aux Corinth. 1. ch. 7. v. 20. & 24. Que chacun demeure enuers Dieu, en ce en quoy il est appellé, & nous sortons du soin que nous deurions auoir entier pour le Ciel, afin de nous embarasser dedans les affaires du monde. Il ne se faut esmerueiller si du regne de Charles 8. les heureux progrez qu'il fit en Italie, furent entierement ruinez, les François trahis & chassez, puis que le Cardinal de S. Malo ennemi de l'Estat, & de la reformation de l'Eglise, gouuernoit les finances.

Si soubs Louis 12. les François furent encore vne fois chassez d'Italie, puis que le Cardinal d'Amboise estoit le principal Conseiller. Il aspiroit à la Papauté, s'il faloit donc aider à son dessein par la faueur de la Cour de Rome, qui n'aime les François en Italie que lors qu'elle en a affaire, & les chasse aussi tost apres.

Faut-il se scandaliser, quand on resistera au miniſt ere des eſtrangers, particulierement Italiens, qui nous trompent, & corrompent plus que toutes les autres nations du monde. Il n'y a ruſe qu'ils ne trouuent pour s'enrichir en France, par leurs doux & ſubtils appas, & ſous des belles eſperances qu'ils nous donnent, mais qui ne reüſſiſſent qu'à leur profit. Il faut eſtre aſſeuré d'hommes qui ayent les mœurs & humeurs Françoiſes pour faire agreer leur conſeil & miniſtere, & pour contenir les peuples à l'honneur qu'ils doiuent à leur Roy. Autrement on ſe perſuade aiſement que le Roy qui ſe ſert d'vn eſtranger, aime l'eſtranger plus que le naturel ſubiect, & en conçoit meſpris par iuſte ialouſie, & que le Roy meſme le deuient par le conſeil de l'eſtranger.

Charles Duc de Lorraine frere de Lothaire, fils de Louis d'Outremer, duquel i'ay deſia parlé, perdit ſes droicts qu'il auoit à la Couronne de France, à cauſe qu'il auoit degeneré à l'humeur d'vn Prince François, pour ſe gouuerner comme vn eſtranger Allemand, exerçant toute rigueur, non ſeulement contre les Marchands François, mais contre ſes ſubiects meſmes, qu'il traittoit tyranniquement. Hugues Capet Maire du Palais en France, tout autrement, il eſtoit Prince, qui auoit gouuerné tres ſagement les affaires du Royaume auec douceur & prudence, telle qu'il contentoit les petits & les grands. Il auoit & ſçauoit l'humeur & les couſtumes des François, il eſtoit ſage & magnanime, cauſe pourquoy les Eſtats Generaux de France ne pouuoient mieux poſer la Couronne de l'Eſtat, que ſur la teſte de celuy

qui la meritoit, l'ostant de celuy qui s'en estoit rendu indigne; dont s'en est ensuiui vn regne remply de
toute felicité. Le Roy nouueau commença à mettre ordre & reformation par tout: il osta les moyens
d'y auoir plusieurs Maistres en l'Estat. Il changea le
siege des Rois de Soissons, de Compiegne, de Laon
pour le rendre à Paris stable & asseuré, par l'affection
qu'il a grand & sa puissant peuple, &c.

Concluons que nous estans vn corps Politique,
dont le Roy doit estre le Chief, tant nostre soin doit
estre employé à faire qu'il soit rendu digne par bons
enseignemens, que lors qu'il est mis en âge de gouuernement que son authorité & son estat soit conserué
entiere iusques au temps de sa maiorité. En tel cas
qu'il ne soit suffisamment instruits pour le bien de
son Estat, que punition corporelle & exemplaire soit
faite de ceux qui en auroit eu le gouuernement,
comme des autres Ministres qui se trouueront auoir
maluersé par ceux qui ont la souueraine puissance de
faire Iustice. C'est l'vnique moyen de changer le
Ve, & la malediction du gouuernement d'vn enfant Roy en bon-heur & benediction, puis que par
tels moyens ceux qui dissippent le bien du Prince seront reprimez par des Ministres fidels, & le Roy par-
uenu en aage de gouuerner, sera trouué tel que Dieu
le desire pour rendre nostre terre heureuse, selon
l'Ecclesiaste chap. 10. v. 17. *Bien-heureuse est la terre
de laquelle le Roy est noble & genereux*, ou, selon
l'Hebreu, *fils de peres Heroïques*, qui sont les demi-

Dieux, comme tenans de la nature des Dieux, ou
intelligences celestes & immortelles, pour lesquel-
les raisons Dieu mesure la souueraine intelligence,
les appelle Dieux par la bouche de Dauid, sus allegué Psal. 81. qui neantmoins sont hommes, & qui
comme tels doiuent mourir vn iour, dit le mesme
Psalmiste, pour leur apprendre qu'encore qu'ils
soient releuez par dessus les hommes, en excellence
& maiesté royal; ils doiuent neantmoins la iuger & conduire humainement & equitablemet,
sans acceptation de personne, vers. 2. autrement, *tou*
les fondemens de la terre seront meus & esbranlés, ver-
set. pour vanger les iugemens iniques, *& les Iuges*
tomberont descheus de leur dignité, vers.

www.ingramcontent.com/pod-product-compliance
Lightning Source LLC
LaVergne TN
LVHW050326030726
842520LV00005B/1795